KB215433

젊어 가는 길

동시

아이의 마음으로 만나주세요

소통과 힐링의 시 24

젊어 가는 길

석당 윤석구 시집

소통과 힐링의 시 24

젊어 가는 길

초판 인쇄 ｜ 2022년 04월 06일
초판 발행 ｜ 2022년 04월 08일

지은이 ｜ 윤석구

펴낸곳 ｜ 출판이안

펴낸이 ｜ 이인환
등 록 ｜ 2010년 제2010-4호
편 집 ｜ 이도경, 김민주
주 소 ｜ 경기도 이천시 호법면 단천리 414-6
전 화 ｜ 010-2538-8468
인 쇄 ｜ 세종피앤피
이메일 ｜ yakyeo@hanmail.net

ISBN : 979-11-85772-96-7 (03810)

값 11,500원

서시

얼마나
시를 많이 써야
시가 꽃으로 피어오를까

얼마나
시를 많이 읽어야
꽃이 시로 보일까

그 향기는
얼마나 오래 품어야
알 수 있을까

궁금함에
취해서
시를 떠날 수 없네

1부 가장 빛날 때는 모르고

2부 재미있게 하는 것이

3부 보내고 싶은 고백

4부 사람이 그리우니

5부 아련한 추억을 얼마나 뜨겁게

가장 빛날 때는 모르고

사랑

나에게
너는
언어로
설명할 수 있는
세계가 아니더라

그냥
마냥
좋은 것이더라

흰 머리 소년

어릴 적엔
별명이 놀림말이어서
붙여질까 봐 겁이 났다

그런데 이제는 좋기만 하다
동요할아버지도 좋은데
어느 날 그녀가
붙여준
별명 하나
흰 머리 소년

아, 이거
누가 탐내면 어쩌지
혼자 걷다가도
생각만 하면
허허 허허
입이 다물 줄 모른다

순수

어릴 적
누이도 그랬는데
부끄러운 듯
숨어 핀
예쁜
들꽃처럼

순수2

나비 한 쌍
나무 위에서
사랑을 나누는데

잎새 뒤에 숨은
애기 딸기
뭘 안다고
얼굴이 빨개져

순수3

울 밖으로
넘어 간 넝쿨
장미의 연심에
행인의 얼굴도
금방
붉어지더라

가을

엄마한테
일러바치다
들켜버린 날

형아한테
받은
왕밤 세 알
익느라고
아파 죽갔다

줄넘기

폴짝폴짝
발에 걸릴까 봐
가슴은 두근두근
이마엔
땀방울이 송글송글
입안엔
침방울이 땡글땡글
산넘기나 줄넘기나
넘기는 어려워요

동심의 길

가장 빛날 때는
모르고
걸었던 길
늙어보니
가장
아름다운 길이더라

동심의 길2

동심의 길에는
언제나
엄마가 있더라
맨 처음 걸은 길
걸음마 길 나들이 길
사춘기를 지나
중년을 지나
노년의 길을 걷고 있는데
지금도 엄마가 있더라
세상의 그 어떤 길도
동심의 길보다
더 좋은 길은
어디에도 없더라

왜 동요냐고?

세상에서 가장
아름다운
동심을
예쁜 날개에 태우고
세상을 밝히며
희망을
전파하는
기적의
전령이더라

동요는

호기심 가득
예쁜
꿈의 날개로
세상을
날아다니며
해맑은 동심을
펼쳐가는
희망의
꽃밭이어라

봄눈

너
깜짝 놀랐지
아직도
겨울인 줄
알고
놀러왔다가

그거 봐

늑장부리다가
오니까
봄꽃도
깜짝 놀라잖아

눈사람

큰일 났다
오늘 밤
제일 춥다고 하는데

내 방에서
같이
자고 싶은데
엄마가
허락해줄까
걱정이다

장미는

왕벌이
아무리 귀찮게
해도
가시로 찌르지
않는 걸 보면
맘도 좋은가 봐

예쁜 게 그냥
예쁜 게
아닌가 봐

쌤통이다

친구가
약 올리며
도망가더니
까치가 싼 똥을
이마에
정통으로 맞았다

그거 봐
그럴 줄 알았다

말복 날

엄마
하늘 선풍기가
고장 났나 봐
땅이 펄펄 끓는데
누가
건드려 놓고
도망 간 것 같아

그때는 몰랐어

일찍 일어 나!
빨리 학교 가!

그게
사랑
이라는 걸

오로지 너만

너
보고 싶을 때는
눈을 감는다
왜

그땐
오로지 너만
보고 싶어서

밤 파도

파도는
왜,
잠을 못 자고

밤새
왔다 갔다
했을까

아마도
모래밭에
어질러 놓은

발자국
지우느라고
그랬나 봐

배 고프면

뭐가 더 좋아
먹는 거
노는 거

바보야
배 고프면
놀 수도 없잖아

다 좋아

너는
이쁜 게 좋아
아름다운 게 좋아

그게 그거 아냐
그니까
나는 다 좋아

구름 바람 별 달

구름은 바람을
싫어하고
별빛은 달빛을
싫어하는 것 같은데
같이 논다
설마
시샘하며
노는 거겠지

멍

어제는
노을 멍 했고
오늘은
파도 멍 하고 있는데
내일은
너 멍 하고 싶다
어때
싫으면 말고

* 멍 : 아무 생각없이 가만히 바라보고 있다는 멍 때리다에서 온 신조어랍니다

새벽바다

그거 봐라
밤낮을 가려야
고생을 덜 하는 건데
밤새 뛰더니
곯아 떨어졌구나
얘야,
잔소리하기 전에
이젠
알아서 놀아라

애기 개구리가

엄마
왜, 사람들은
우리가 말하는 걸
운다고 그래
응, 그거
사람들이 말하는 걸
우리도
운다고 그러니까
그러는 거야

팬데믹이라지만

아는 사람 만나면
보가 나올지
바위가 나올지
궁금하고 궁금하다
반가움과
동시
주먹이 먼저일지
손바닥이 먼저일지

동심으로
돌아가는 놀이라면
얼마나 좋을까

교훈은 가까이에 있다

화려하다고
장미꽃이
예쁘기만 할까

건강에 좋은
고추는
열매도 좋지만
귀엽고 예쁜
꽃도 좋더라

2부

재미있게 하는 것이

젊어 가는 길

지금도 눈 감으면
내 고향 산촌 골짜기 숲속에서는
밤에는 반디불이 별밤을 이루고
실개천 물소리는 갓 따온 오이 속처럼
싱싱한 향기를 전해 줍니다

나무에 꽃은 떨어져도 신록을 만들어 주듯이
세월이 떨어져 나가도
동심을 잃지 않고 유지하고 있으면
생각에 빛나는 마음을 주어 축복의 길이었으며
그 길이 바로 젊어 가는 길이었습니다

젊어 가는 길은 가까운 곳에 있는 데도
사람들은 먼 곳에서 찾아 헤매는 것 같았습니다
나이 상관없이 구멍 난 청바지 입고
나 지금 젊어 가는 길을 걷고 있다고
하는 것 같았습니다
정작 동심을 겪었으면서도 그 동심을
유지한 사람은 그리 많지 않은 것 같습니다

한번 가면 오지 못한다고
외길만 있는 것처럼 보며
욕심을 부리는 것이 바로 늙음의 길이요
동심의 길을 보며
사는 것이 바로 젊게 사는 길이었습니다

아, 젊게 산다는 것은
동안을 유지하려고 애쓰는 것이 아니라
동심을 잃지 않는 것이었습니다
누가 대신 걸어가 줄 길이 아니기에
오늘도 동심을 품고 그대 곁으로 갑니다
오롯이 젊어 가는 동심의 길로 걸어갑니다

깊은 산속 옹달샘의 물방울처럼
새벽 공기에 가슴이 마구 뛰듯
그렇게 걸어갑니다

젊게 산다는 것

세월의 나이는
거스를 수 없는 줄
알면서도
건강식품까지
총동원
안간힘을 쓴다
거스를 수 있는 생각은
찾지 못하고

손주들이
피자가 몇 쪽이에요
물으면 8쪽이다
바로 답하며
함께 맛볼 노인이
얼마나 될까
궁금하다
젊게 산다는 것은
그렇게
함께 하는 건데

젊어 가는 길2

기다리는
생각이
많은 것은
늙었다는 것이다

다가서고
찾아가는
생각을
많이 해라

젊어 가는 길3

표준어가 멋쩍어 하는
시대 같다
은어 비속어
줄임말이 난무해서
꼰대라는 말이
이젠
표준어 같다

어쩌나
세월이
그런데

젊어 가는 길4

뜨아 한 잔 주세요
했더니
예쁜 카페 주인이
어머, 웃는다
아아가 아닙니다
했더니
한번 더 크게 웃어주더라

젊어 가는 거
어렵지 않더라
같은 말 쓰면서
어울려
주니 되더라

* 뜨아 : 뜨거운 아메리카노
* 아아 : 아이스 아메리카노

젊어 가는 길5

뭐 드실래요?
니들 좋은 거

피자도 좋아요?
햄버거는요?

그럼 그럼
니들
좋은 거라면
다 좋아

젊어 가는 길6

바람이 아직도 매섭다
입춘이라지만
잔가지들은 춥다고
호들갑을 떠는데
뿌리는 찬 땅 아래서
꿈쩍도 않고
봄기운을 퍼올린다
시작은
다 힘든 거라며
봄도 그러하다며

젊어 가는 길7

어려서는
어른이 되고 싶어
떡국도 밥도 나이도
많이 먹고 싶었지만
늙어보니
오로지
동심만 먹고 싶다

젊어 가는 길8

하늘길도 가보고
땅길도 가보고
삶길도 가보았지만
늙어보니
가장 머물고
싶은 길은
동심의 길이더라

젊어 가는 길9

세월이 갈수록
점점 더 무겁더라
그리움도
두려움도

코로나로
거리두기를 하니
더 그렇다

그래도
몸이 아니라
마음이니
생각을 바꾸는
훈련이나 하련다

젊어 가는 길10

몸은
세월을 따라가지만
마음까지
닮는 건 아니더라

애늙은이가 있고
늙은 젊은이가
있지 않은가

걱정마라
마음을 잡으면
늙어도
살 만하다

젊어 가는 길11

살아보니
젊게 살아갈
친구는
건강식품이 아니라
샛별 같은
동심이더라

우와

엄마는
세상에서
제일 좋은 게
뭐야
바로 너야
우와
나도 엄만데

봄의 전령사

산수유
꽃망울인 줄 알았더니
행상 할머니더라
새벽부터
시장 입구 모퉁이에서
보자기 위에
냉이 한 웅큼
달래 한 줌 놓고
봄을
제일 먼저 알리더라

신년운세

해마다 새해가 되면
친구가 토정비결을
봐 주면서
항상 좋다고 한다
맞고 안 맞고간에
꼭 커피를 샀다
그런데 올해는 말이 없다
친구라고
복채를 안 줘서 그러는가
아니면 치매 걸렸나
걱정이 된다

제일 부자

이런 사람이
세상에서
제일 부자더라

나이가 어려도
허물이 없는
나이가 많아도
지란지교를 꿈꾸며
언어를 공감하는

그런 친구를
가진 사람이
세상에서
제일로 부자더라

늙어야 안다

늙은 사람의
계절은
자연이 만들어 주는
계절보다
몸속에서 일어나는
계절이
다 절절하다
기쁘고 슬프고 아픈 것
그거
늙어야 안다

부부싸움

늙어서 부부싸움은
돌아만 서면 재밌다
재밌다 보니
이혼걱정도 없다

딸이 있을 때는
내가 불리하고
아들이 있을 때는
내가 유리하다

오늘 아침은
둘만 있어 무승부다
발음이 빠진다고 했더니
당신 귀청이
더 나빠진다고
받아 치더라

아내

뜰 안
그늘진 곳
해바라기
한 송이

등이
굽어서도
해바라기를
하고 있다

겉으론
환하게 웃는데
가슴은 온통
까맣게 타버렸네

열망

건드리면
툭 하고
터져버릴
석류알 같은
언어들이
가슴에서 요동친다
그대
마주하는 날
쏟아져 흐를 뜨거움이

조심하라는 말이

아이들
키울 때는
매사 조심하라는 말을
내가
가훈처럼 말했는데
지금은
그 아이들이
나한테 그런다

허긴
노인은 가랑잎도
조심하라고 하지 않나

인생은 달려야 승리하는 것인가

길 위를 달리는 홍수 같은 차량들처럼
차들도 달리는 것 같이 보이지 않고
삶이 질주하는 것으로 보인다
삐금삐금 빽미러 보며
갓길까지 탐내면서 달리는 것 같다
신호등에 걸릴까 봐 조바심하며 달린다
달려야 살아 남는 줄 아는 인생들
앉아 있어도 마음은 달린다
달려야 할 바쁜 그 곳이
정작 어디인지는 알면서 그럴까
오늘도 길위에 인생들은
신호등마저 없기를 바라면서
달리고 또 달리기만 하는 것 같다

쑥개떡

보기 좋은 떡이
먹기도 좋고
맛이 있다는 말은
반은 맞고
반은 틀리다

보기엔
개떡 같아도
맛이 찰떡인
쑥개떡이 있다

아마 그건
할머니
손맛을 기억하고
있기 때문인 것 같다

할머니 마음

꽃피던 나이에는 듣기 싫던 말
엄마가 되어서도 반갑지 않던 말
손주들이 불러주니 이렇게도 좋을까
들어도 들어도 또 듣고 싶은 그 이름
오늘도 손주들이 동요처럼 불러 주니
할머니도 동심으로 돌아가 행복하네

어린 시절 할머니도 너희같이 귀여웠어
우리가족 웃음꽃 손주들이 꽃피워주네

3부

보내고 싶은 고백

사랑, 사랑은 아픈 만큼 깊어지더라

사랑을 만나 뜨거우면 뜨거울수록
세상 무엇과도 바꿀 수 없는 젖과 꿀이 흐르는
에덴의 푸른 숲이 펼쳐질 줄만 알았다
그러나 즐거운 만큼 아픔도 많더라
푸른 숲에도 가시밭길이 있더라

떨어져 있으면 그리움이 아프고
소식이 없으면 기다림이 아프더라
사랑, 사랑이라는 말은
기쁨만의 언어가 아니라 아픔도 함께 하는 언어이더라
아파도 아파도 또 사랑하고 사랑하게 하더라

사랑이 아프도록 괴로운 건 이별만이 아니더라
사랑을 알아 달라고 고백을 준비할 때도 아프고
뜨거움을 몰라 줄 때도 아프고
사랑을 기다리는 시간의 애태움도 아프더라
사랑, 사랑은 아픈 만큼 깊어지고
깊어진 만큼 아름다운 관계이더라

사랑, 언어로 설명할 수 없는 신비한 영역이더라
오감이 소리 없이 움직이는 느낌의 언어이더라
잠시 머물다 알 만하면 가는 것이 인생이라
예술과 철학 모든 학문을 동원해서 설명하려 해도
머리로는 아무리 알았다 하더라도
얻을 수 없고 누릴 수 없는 것이 사랑이더라
사랑, 사랑은
그냥 사랑으로 사랑할 줄 알아야 하는 것이더라

누군가 그리운 날

바람도 추워서
속도가
빨라지는 겨울밤인데
기다리는 마음은
꼼짝도 안 하고
누군가 만나고 싶어
서성대기만 한다
발은 얼어도 심장은 뜨거운데
소식은 없고
경고음으로 알리는
코로나 문자
본 체 만 체해도
자꾸만 온다
그리움의 반대말이 뭐더라

기다림 병

기다릴
사람도 없는데
왜, 기다리고 싶은 마음이
자꾸 일어나지
노춘기병이 도지나
그 병은
약도 없다는데

그해 여름

여름이
뜨거워서
끓은 것이 아니었다

내가 뜨거워
여름도
펄펄 끓었지

그대에게
보내고 싶은
한마디 고백이….

붕어빵

이웃집 아저씨
나만 보면
아빠 붕어빵이라고
꼭 놀린다
그럴 때마다 나도
아저씨는 호도빵이에요
속으로 외치며
메롱 메롱까지 하며 도망갔다
그런데 아차 하는
마음이 들었다
아저씨는 내가 이뻐서
귀여운 놀림일지도
모르는데
그랬다 후회했다

찰떡 친구

얘기하다 갑자기
친구가
밖에 나갔다 오기에
너 담배 피웠지

아니,
방구 뀌러 나갔다 왔지

너 교양 있다
나는 우아한데

그러니 우린
메떡이 아니라
찰떡이지

연애하는 꿈

친구한테
연애하는 꿈
꾸었다고 자랑했더니
속사포로
개꿈이란다

야, 너는 축하는
못해줄 망정
찬물 바가지가 뭐냐
노인이 되더니
니는 꿈도 못 꾸니까 부러운 거지

그나저나
너 맘보가
공짜술
얻어먹기는 영 글렀다

복 찾기 운동

친구한테
새해 복 많이 받게나
했더니
모든 사람들이
복을 그렇게나 많이 퍼날랐는데
남는 게 있을라나 한다

새벽잠도 없을 테니
부지런히 찾아 보게나
복 찾는 운동도
늙은이에겐
건강을 줄 테니
그게 곧 복이 아니겠나

알아야 면장을 하지

문맹률이
가장 많았던
어린 시절
어른들한테 자주
들었던 말이다

그런데
지금은 몰라도
면장도 의원도 하는
세상 같더라

안다는 것이
무엇인지
자꾸만
생각게 하더라

와, 빠르더라

달려온
자기 차만큼

빨간불
신호등 앞
차 안에서

어느 여인의
화장하는 손놀림
솜씨가

넌 어떠니

살다보면
아름다운 비밀
하나쯤은
생길 것 같아
어렵게
방 하나 만들었는데
아직도
난
빈 방이다

이별은

아픔보다
기억이
너무 길더라

그렁그렁
눈썹에 매달린 건
아픔이고

이별은
보이지 않는
그대 얼굴로
깊고 길더라

나이가 뭐길래

망망한 무인도처럼
생각이 들었다
어느 날
문득

주위를 보니
컴퓨터도 있고
전축도 있고
서재에 책도 많고
내 집도 있는데
그렇더라

사랑도

은은할 땐
머물고 싶지만
진할 땐
떠나고 싶다

향기도
때론 시끄럽다

행복의 시간

시간이 시간을 유혹해도
행복은 지금이다

어제는 지난 기억이고
내일은 희망일 뿐

살아있는 즐거움은
오늘 지금이다

어제에 묻히고
내일에 매달리면
오늘 지금은 자리가 없다.

천생연분

아내가 느닷없이
왜 당신은
여기저기 방마다 전등을
켜놓기만 하고 끄질 않아요?

아, 그거
당신이 잘 꺼주니
믿고 그러나 봐
그리고 보니
우린 천생연분이네
켜면 끄고 켜면 끄고
손발이 척척이잖아

에구,
남들이 알면
부러워하겠다

천생연분2

아내가 거실로 걸어가다
갑자기 멈추더니
눈을 감는다

놀라서 물었더니
생각을 잃어 버려
찾고 있는 중이라나

아이고
나도 베란다로
급히 나갔다
그랬는데

만만하냐

한밤중
구둣발에 채인
깡통이
중얼거린다
술은
입으로 먹고
왜,
발길질이야?

기분 좋은 날

시외버스 탔는데
옆자리에
인상 고운
여인이 와서
앉은 날

택시를 기다리는데
뒷줄보다
앞줄이 짧은 날

장마철 우산도
못 챙겼는데
날씨도 내 편인양
마냥
좋은 날

아이쿠야

마음에 애인 하나 없는
사람이 어디 있겠느냐

짝사랑의
기억이라도
갖고 있겠지

그것도
없는 사람
밥맛을 알아?

뭘 먹을까

입맛이 없어
오늘은
아침부터 점심
뭘 먹나 하고
우동 찍고 짜장면 찍다가
냄새가 싫어져
설렁탕 찍고
곰탕까지 찍다가
잠깐
피자 하다가
현관 앞에 던지고 간
홍보지 찾고 있다

어느 쪽이 더 쎈가

옛날 속담은
여자 셋이 모이면
접시를 깬다고 했는데
요즘은
여자 셋이 모이면
드라마가 뜬단다

그래서
뒤질세라
남자 셋이 모이면
단체 하나가
생긴단다

가을바람

바람둥이처럼
떡갈나무잎도 건드리고
각시풀도 흔들어 놓고

속살 같은
계곡 물살까지 더듬길래
놀라서
거리두기로
혼자 걸으니
홀몸인 줄 알고

어느 새
옷깃을 끌며
살랑거리고 있구나

가을비

아름다운 삶을
살다갈수록
추모하는
슬픔조차 아름답다

망울 망울
낙엽을 적시던
빗방울이
점점 굵어진다

가을비2

단풍잎이
꽃보다
얼마나 아름다운가
점수를
계산해 보느라고

가을비가
오다 말다 하는가 보다
나는 계산 안 해도
둘 다 이쁘기만 한데

첫눈에게

기다릴 사람도
없는데
너는
왜,
자꾸
누군가를
간절히 기다리게 하느냐
나는
어쩌라고

겨울바람

너는
왜,
겨울만 되면
그렇게 차갑고
쌀쌀 맞게 대하니

어, 그건
나도
몸이 얼어서
정신없어 그래

겨울바람아

왜, 그렇게
미련하냐
너는
착한 사람 미운 사람도
구분 못하고
차갑게 대하냐

나도
너 보기 싫어
안 나갈 수밖에

4부

사람이 그리우니

봄이 오는 소리

산 너머 남촌 저 멀리서
들리는 듯 들리는 듯하지만
가장 가까이서
가장 먼저 듣고 있는 사람이 있습니다
바로 그대와 나입니다
서로 사랑하고 있기 때문입니다

그 소리는 설명할 수 있는 소리가 아닙니다
사랑하는 사람만이 알 수 있는 소리이며
청각이며 촉각이며 후각입니다
바로 그대와 나 사이 오고 가는
사랑의 소리입니다
봄이 오는 소리는 바로
그대가 오는 소리입니다

봄이 오는 소리는
그래서 세상에서 가장 아름다운 향기입니다
그대와 나의 사랑 온도가
가장 뜨거울 때 알람이 자동으로 울려 주는
가장 아름다운 소리입니다
그대가 오는 소리는 언제나 꽃입니다
시각이며 촉각이며 후각입니다
바로 그대와 나 사이를 휘감고 도는
사랑의 소리입니다

그대가 오는 소리는 언제나 봄입니다
그러다 보니 나는 계절을 잊은 채
오로지 봄이 오는 소리만 듣는
청각과 촉각과 후각으로 길들여져 있습니다
봄이 오는 소리는
오로지 그대가 오는 소리입니다

봄이 오는 소리2

늙어 보면 안다
나이가
고령으로
고롱고롱 하니
기다리는 것은
계절이 주는 소리가
아니라
그리운 사람의
목소리인 것을

봄비

꽃술에 취한
구름이
하루 종일
흥얼거리다가
밤새
늘어지더니
게으른 새싹들
어서 깨라고
오줌을
뿌려대고 있구나

봄바람

잡혀가면
어쩔려고
저렇게
꽃망울을
다 만져보고 가나

배짱도 좋다

꽃이 핀다

봄이라고
여기저기서
핀다
진달래 벚꽃
할미꽃

검버섯도
봄이면
피는 줄 알고
얼굴
여기저기서
나도 나도 하며
피어나네

목련

어쩌자고
한낮에
잎새도 없는 가지에서
실오라기 하나 없이
그토록 눈부시게
당당하느냐

너 참
배짱도 좋다

꿈도 허락 받나

너는 꽃을 좋아하고
나는 그런
너를 좋아하는데
그럼 오늘 밤
네 꿈 꿔도 되겠지
너, 정 그러고 싶으면
나 모르게 꿔라
알았지

민들레꽃

너, 참 예쁘다
그래
있는 그대로가
더 예쁜 거여
아직도
못 나온 꽃들은
몸단장
하느라고
꿈지럭거리나 보다

가을 편지

어제는
노란 은행잎에 쓰고

오늘은
빨간 단풍잎에
불타오르듯 씁니다

어제는
그리움이었고
오늘은 고백입니다

샛별 같은 소녀

그녀는 낙엽을 보고도
울었고
책갈피 속 단풍잎 보고도
잘 울었다고 한다
나는 안다
그 울음은 슬픔이 아니라
아름다운 눈물이었다는 걸
아, 지금이
그때였더라면
얼마나 좋을까
카페의 촛불등이 샛별로 보인다

까치밥

우리집 감나무
하나
맨 꼭대기
홍시 한 개
참 먹음직스럽다
침이 꼴깍 넘어가게
그런데 그런데
그건 그건
주인이 까치란다

국화

꽃보다
아름답다고
호들갑 떨며 선동하는
단풍객 마다 않고
늠늠히
가을꽃을 대표하듯
서있는 모습
귀품도 좋지만
너의
겸손한 향기가
더 큰 울림을 주는구나

김장철이 오면

해마다
그러듯이
배추 갓 동치미
총각무 등
김치 종류들이
모두 나와
맛의 경쟁을 준비하느라 야단이다
그런데
오직 처녀김치만
안 나온다
아마도 엄마가
세상이
무서우니
나가지 말라 한 것 같다

눈 오는 날

사람이 그리우니
첫눈이
아니어도
꼭
첫눈처럼
보이더라

흰 마후라

봄, 여름
가을은 그냥 보내며
차가운 겨울을
기다린 건
바로
첫눈 같은
너,
너 때문이었어
한올 한올 사이로 담겨진
그녀의 따스함에
함께 했던 시간까지
기다리고 있었어
겨울을 아주 아주 싫어했지만
너를 만난 그 해부터
겨울은
나의 비밀스런
이야기가 되고 있어.
아, 그녀가 준 흰 마후라
첫눈처럼 아름답다

투병일기

새벽마다 아픔과
다투는 것이
그게 그거 같은데
다르다

살아있음을
알려주려고 그런 건지
더 단련시켜 줄 것이 있어서
그런 건지
그게 그거 같은데
날마다 다르다

투병일기2

모든 게
달라진다

아는 사람은
많지 않다

아파 봐야
안다

투병일기3

알 듯하다
알려고 할수록
병이란 말
모르는 게 약이란 말

아프다 보니
아는 게 아는 것도
아니더라

응급실 삼수생

코로나로 병실 문턱이 높아
삼수생이 되었다
1차는 이천의료원
2차는 강남세브란스병원
모두 열 점수로
낙방했다

3차는 분당 차병원
아슬아슬 턱걸이
격리병실 세 시간 다행히
코로나는 아니라지만
늙어보니
다른 과목은 아직도
시험 중이다

어머니

낫 놓고도
기역 자를 모르시는
어머니는
낫이 없으면
한시도 살 수 없었다
어머니 없이는
살 수 없었던
그 시절처럼
살아보니
내 삶 전부가
어머니로 시작하여
어머니와
함께 가더라

그때

아름답다고
생각하는 것은
그때다
행복하다고
생각하는 것도
그때다

지금이 지나면
모두가 그때다

거절의 지혜

어느 행사장에서
누가 찾아와 인사를 하는데
마스크를 착용해서
몰라보고 "누구시죠?" 했더니
옆 사람이 알려줘서
"아, 네." 하고 미안해서 악수를 청했더니
"악수는 안 할래요" 한다.
머쓱했다.

'아, 그렇지 요즘은
아무리 반가워도
악수를 먼저 청하면 안 되지.'
하며 이해는 하면서도
매정하게 거절당한
이 불편함은 뭐지?

내가 원한 건 악수가 아니라
미안함과 반가움인데
이건 뭐지?
주먹이라도 내밀었으면
이보단 나았을 텐데

그나저나
코로나 때문에 노인은
어지럼병이 하나 더 늘었다

총각김치

총각은
안 보여도
총각 적 생각나서
아침밥 한 그릇
뚝딱하고
생각했다

처녀김치
나올 때까지
살았으면 하고

비 오는 늦은 저녁

추녀끝 빗방울
머뭇거리다 떨어진다

겁나는 거야
머뭇거리면 더 무서운 건데

눈감고 뛰어내려 봐
술을 한잔 하고 하던지

허름한
목로주점

파전 한판
막걸리가 석 잔째인데

눈은
아물 아물 고프다

낙엽, 함부로 밟지 말자

쓸어내지도 말고
밟지도 말자
우리도 언젠가는
이런 날이 온다는 것을
잊지 말자

누가 임종을 지켜보며
낙엽이 남긴 유언을
알아 들은 사람이 있던가

보는 것만으로도
쓸쓸하고 아프다 밟지 말자
노란 은행잎들도
외로움 이기지 못해
모퉁이에 모여 있구나
불어오던 바람도
멈칫 멈칫

쓸어내지도 말고 밟지도 말자
그대로 있는
그대로 함께 하자

5부

아련한 추억을 얼마나 뜨겁게

노인의 가슴에는 계절이 없습니다

노인의 가슴에 찬바람이 분다고 겨울이 아닙니다
노인의 가슴에는 꽃피는 봄날에도
단풍 고운 가을에도 찬바람이 자주 붑니다
방안 온도가 펄펄 끓어도 창밖에서
찬바람이 불면 어느새 몸은 그와 함께 동행을 합니다
노인은 문밖에서 함박눈이 소복소복 내려도
가슴에서는 산산이 부서지는 싸락눈이 내립니다

어릴 때 노인들이 하시던 말씀들을
어느새 지금은 제가 하고 있습니다
노인에게 좋은 선물은
보약도 아니고 여행도 아닙니다
좋아하는 사람이 잠깐이라도 만나주는 시간입니다

노인은 같이 있으면서도
혼자인 것처럼 외로워할 때가 많습니다
첫눈 오는 날이라도 되면
특별히 기다릴 사람도 없고 만나줄 사람이 없어도
설레는 마음이 남아 있기를 바라는 마음은
이루지 못할 꿈이라도 꿈꾸며
살아갈 이유를 찾고 싶어 그럽니다

꽃씨 같은 예쁜 언어들은 다 어디로 갔을까
이제는 더듬거리는 언어 끝에
고드름만 열리어 얼음 바람이 붑니다

노인의 가슴에 찬바람은
겨울에만 부는 것이 아니라는 것을 잘 알기에
계절이 아닌 자연을 가슴에 품고
햇살 같은 마음으로 살아가려고 합니다

자연에서 태어나 자연으로 돌아가는 섭리대로
바람과 구름과 별빛 따라 천천히
천천히 걸어가려고 합니다

황혼의 빛

자연은 섭리대로
어둠이 시작되는 시간이고
인생은 세월 따라 저물어가는
시기라 하지만
나는 다르다

저녁노을의 황홀함을 정열적으로 보았는가
밤하늘의 아름다운 별들을 보며
아련한 추억을 얼마나 뜨겁게
되새김 하여 보았는가
만월을 준비하는 달빛을 보아라
꿈을 키우는 삶이 그러하리라

누가 누구에게 무슨 말을
함부로 말을 할 수 있으랴

삶의 황혼은 성찰의 시기요
사랑의 베풂과 배려가
깊고 넉넉해지는 시기이리라
사랑의 온도가 조절이 되어
태워 버리지 않는다

아, 그런 황혼에 나는 설렌다

봄소식

아주 멀리서 오고 있지만
가장 가까이서
듣고 있는 사람이
노인
바로 당신입니다

무섭도록 싫은
겨울이 오는 소리도
제일 먼저 접수한
사람도
당신입니다

디지털보다도 앞서가는
노인의 체감
설명한들 누가 알까요
그건 노인이 되어야
알 수 있을 테니까요

이 봄도 노인은
봄이 오는 소리를
제일 먼저
접수하고 있습니다

꽃신 한 짝

지금이
그때라면
그 애 이름을 새겼을까

지금이라도
나는 수줍어서
듣지 못한 메아리였을 거야

예쁘게 매달려
달랑거리던
귀여운 꽃신 한 짝

지금도
눈을 감으면
그 한 짝을 찾고 있네

함께 늙어가니

날마다
쓰던 말도
어떤 날은
도무지 생각이 안 나
집사람한테
그게 뭐지 하면
그거
거기 가 봐 한다

허, 참
나도 이젠
뭘 물어보면
거기 가 보라고
해야겠다

돼지꿈

지난 밤에
돼지꿈 꾸었기에
집사람한테
복권 사게 돈 좀 달라
했더니
꿈 깨란다

허, 참
이 좋은 꿈을
왜, 깨라고 하지

그리 깨고 싶으면
이빨 나간
접시나 깨지

아침 일기

매일 아침
아내가 복숭아를
깎아주어
맛있게 먹었는데
고맙다는
말이 없어서 그런지
하루는
당신도 깎아서 먹으면
어때 하길래
미안해서 실천했더니
다음 날 하는 말
여기저기 흘려놔서
더 어렵네 한다
그래서
다음에 안 깎아 줄까 봐그랬어
하고는 아차 했더니
아니나 다를까
받아 치는 말
으이구
내가
돌아 돌아
어지러워

눈치 구단

행상한테 기계로 깐
알밤 한 봉지 사서
식탁에 놓았더니
듬성듬성 붙어 있는
속껍질 벗기느라
집사람이 고생했나 보다

눈치라는 놈이
나를 툭 친다

눈칫밥만 있는 게
아니라
눈치밤 먹게 생겼다고

반가운 선물

노인에게
가장 반가운
선물은
보약이 아니라
좋아하는 사람이
만나주는
시간이더라

오십견

침을 맞고 뜸을 떠도
그냥 그렇다
아프면 뭐든지 하고 싶다
닭날개 사먹고
훨훨 날고 싶다
어렸을 때 닭날개 먹으면
바람 난다고 그러셨는데
너무 아프니까
아내 몰래
닭날개를 사먹고 싶다
퇴근 후
시장 골목을 다녀 보았다
닭발만 눈에 뜨인다
기웃기웃 해보나
아무 데도 없고
아내의 잔소리로
들리던
운동이 약이지요
라는 말만
따라 다닌다

4월이 오면

볼 때마다
두근거리고
고민하는 것이 있다
목련
꽃봉오리가 그렇다

하나는 아가씨 가슴으로
보여서고
또 하나는 눈이
불량해서
그런가 해서다

늙어보니

꽃도 뜨거울 때
빛나는 것처럼
사랑도
열정이 높을 때
꽃이 되더라

늙어보니2

그냥
심심해서
툭 하고
던진 말들이
삶에서 묻어나는
명언이 되는 수도 있고
유행을 만드는
언어가 될 수도 있더라

늙어보니3

싸우는 것도 다 삶이더라
어려서는 친구들과
놀다 싸우고
젊어서는
세상과 싸우고
늙어서는
여기저기 아픈 곳에
약까지 동원하여
싸우고 있더라

늙어보니4

멀리만 있을 줄
알았다
늙음의 길은

그런데
그게 아니더라
숨 한번
크게 쉬고 나니
옆에 있더라

늙어보니5

얼마나 무거웠을까
외로움의
무게가

할아버지
할머니 생각이
간절해 진다
늙어보니

늙어보니6

재능은 결코
대신 해
주지 않더라
인품도
행복도

살아가면서
만들어 지는 것을

늙어보니7

어떻게 사는 게
아름다운 늙음일까
모르겠다
삶의 평가는 본인이
하는 것이
아니기 때문에

늙어보니8

생각이 단순해 진다
하긴 뭘 생각할
여유나 있겠나

자고 나면 어깨도
아프고
눈도 아프고
모두 서로 더 아프다고
아우성이니

늙어보니9

내 몸 속인데 그 아픔은
나도 모르겠다
순서도 없다

세월이 간다
누구의
눈치도 보지 않고

늙어보니10

웃고 싶다고
다 웃어버리면
바닥이 날까 봐
조금씩
나눠서 웃었더니
야속한 주름만
덤으로 늘어가더라

늙어보니11

삶의 가치를
찾은 시간보다
욕심을 쫓아다닌
시간이
더 많더라

늙으면 안다

기다리지
말고
그리워하자

기다리는 건
마음이
바삭바삭
마르는 거더라

코스모스

시도때도 없이
신나게 잘도 추더니
디스코도
강남스타일도
잘만 추더니

바람 없는 오늘은
왜 말똥말똥
놀란 토끼눈이냐

어느 놈이
눈치 없이
부르스를 청하더냐

낙엽

밟힐수록
빛나는 삶이 있다
미래의 성장을 위해
누가 이렇게
기꺼이 밟혀주더냐
아름답게
생을 마감해 주더냐

잎새 떨군 나무

너 참
부지런하다
월동준비 빨리도 했구나

그래그래
힘들수록
떨구는 게
채우는 거지

노인이여

저 불타는 장미
가까이 가지 마세요
가랑잎 같은
심장에
불 붙으면 어케요
외면하기
힘들면
멀리서 보세요

걸음걸음 동심으로 시심을
풀어놓는 소통시인

이인환(시인)

1. 백세시대를 앞서가며 젊음을 노래하는 시인

어느 날 그녀가

붙여준

별명 하나

흰 머리 소년

아, 이거

누가 탐내면 어쩌지

혼자 걷다가도

생각만 하면

허허 허허

입이 다물 줄 모른다

- '흰 머리 소년' 중에서

중국시인 두보의 곡강시(曲江詩) 중에 인생칠십고래희 (人生七十古來稀, 인생 칠십 살은 예부터 드물다)라는 구절에서 70살을 고희라고 했던 것을 보면, 이제부터는 70 살은 넘겨야 노인으로 불러야 한다는 지금의 백세시대는 정말 큰 축복임이 분명하다. 이러한 시대에 팔순을 넘겨서 젊은 세대와 소통하면서 '흰 머리 소년'으로 불리는 시인을 소개할 수 있음은 정말 큰 행복이다.

백세시대를 행복하게 살려면 이전에 누구도 살아보지 못한 시대를 열어가면서 새롭게 발생하는 치매와 뇌졸중 등 노인성 질환을 극복해낼 수 있어야 한다. 현대 뇌과학 자들은 백세시대의 행복을 방해하는 각종 노인성 질병을 예방하기 위해서는 무엇보다 젊게, 그리고 긍정적으로 살아야 한다고 한다. 또한 두뇌가 쇠퇴하는 것을 막고 끊임 없이 활성화하도록 하려면 두뇌질환에 특효약인 독서와 글쓰기를 하는 것이 좋다고 한다. 그 중에서도 비유와 상징이라는 고도의 창의력을 필요로 하는 시창작은 두뇌를 더욱 젊게 만들어서 각종 노인성 뇌질환 예방에 큰 효과를 얻게 한다고 한다.

이를 뒷받침하듯이 지금도 한창 유튜브나 SNS에서 많은 이들의 애송시로 사랑받고 있는 『늙어 가는 길』에 이어 『젊어 가는 길』의 옥고들을 접하면서 윤석구 시인을 '소통과 힐링의 시'로 재차 소개할 수 있음은 정말 큰 행운이다.

> 한번 가면 오지 못한다고
> 외길만 있는 것처럼 보며
> 욕심을 부리는 것이 바로 늙음의 길이요
> 외길 말고 동심의 길을 보며
> 사는 것이 바로 젊게 사는 길이었습니다
>
> 아, 젊게 산다는 것은
> 동안을 유지하려고 애쓰는 것이 아니라
> 동심을 잃지 않는 것이었습니다
>
> - '젊어 가는 길' 중에서

시인은 은퇴 무렵에 '동심이 희망'이라는 생각으로 동요에 빠져 동요작가로 활동하기 시작했고, 동요 할아버지로 백세시대의 새로운 문제로 부각된 세대 간의 갈등을 외면

할 수 없어서 세대를 초월한 소통의 시를 쓰면서 인생 후
반전을 열어 젖혔다. 그 출발은 '인생이 늙어 가는 외길만
있는 것이 아니라'는 통찰을 기반으로 하고 있다.

>   표준어가 멋쩍어 하는
>   시대 같다
>   은어 비속어
>   줄임말이 난무해서
>   꼰대라는 말이
>   이젠
>   표준어 같다
>
>   어쩌나
>   세월이
>   그런데

- '젊어 가는 길4' 전문

　시인도 은어, 비속어가 난무하는 세태가 좋게 보일 리
없다. 하지만 시인은 모든 갈등은 현실을 부정하는데 있
다는 것을 잘 알기에 '어쩌나/ 세월이/ 그런데'라는 통찰을
통해 어느덧 표준어 같아진 세대 간의 갈등을 유발시키는

'꼰대'가 되지 않겠다는 결심을 하고 있다.

젊어 가는 거

어렵지 않더라

같은 말 쓰면서

어울려

주니 되더라

- '젊어 가는 길5' 중에서

그럼 그럼

니들

좋은 거라면

다 좋아

- '젊어 가는 길6' 중에서

시인은 젊게 살기 위해서는 먼저 '늙어 가는 길'에 들어선 사람들이 내 것을 내려놓고 젊은 세대와 소통하려는 노력을 기울여야 한다며, 즉 '꼰대'에서 벗어나야 한다며 솔선수범하는 자세를 시로 잘 표현하고 있다.

가끔 '뜨거운 아메리카노'를 '뜨아'로 줄여 쓰는 젊은이들 말도 같이 써주고, 입맛에 익숙하지 않은 '피자'라도 기꺼이 '그럼 그럼/ 니들/ 좋은 거라면/ 다 좋아'라고 받아주는 것이라는 것을 콕 짚어주고 있다.

> 하늘길도 가보고
> 땅길도 가보고
> 삶길도 가보았지만
> 늙어보니
> 가장 머물고
> 싶은 길은
> 동심의 길이더라
>
> - '젊어 가는 길9' 전문

  어떤 모임에서 담화를 나누는데 한 젊은이가 시인을 보고 "말씀하시는 것이 참 재미있고 귀여우세요"라고 했다는 이야기를 전해주며, "허허, 이거 주책없다는 소린데 나만 모르는 건가?"라던 시인의 해맑은 미소가 생생하다. 아는 사람은 다 안다. 바로 이런 시인의 모습이 동요 할아버지로 불리며 아이들과 학부모들에게 사랑을 받는 이유라는 것을. 이런 이야기는 시인이 어느 자리에서나 동심을 바탕으로 세대를 초월한 격의없는 소통의 모범을 보이는 사례의 일부라는 것을.

몸은

세월을 따라가지만

마음까지

닮는 건 아니더라

애늙은이가 있고

늙은 젊은이가

있지 않은가

걱정마라

마음을 잡으면

늙어도

살 만하다

- '젊어 가는 길11' 전문

　그렇다고 해서 시인이 노인의 연륜과 권위를 모두 무시
하고 내려놓은 것만은 아니다. 시인은 백세시대를 앞서가
는 노인으로서 노인들이 연륜과 권위를 지키면서 어떻게
시대를 밝혀가야 하는지 끊임없이 고민하고 있다. 그리고
그 방법을 찾기 위해 순간순간 번뜩이는 시어로 풀어놓고
있다. 그야말로 백세시대를 역주행하는 젊음을 구가하는

삶의 전형을 보여주고 있다.

　　어릴 적

　　누이도 그랬는데

　　부끄러운 듯

　　숨어 핀

　　예쁜

　　들꽃처럼

　　　　　　　　　　　　　- '순수' 전문

　　나비 한 쌍

　　나무 위에서

　　사랑을 나누는데

　　잎새 뒤에 숨은

　　애기 딸기

　　뭘 안다고

　　얼굴이 빨개져

　　　　　　　　　　　　　- '순수2' 전문

시인은 마치 봄날의 꽃망울이 때를 만나면 톡톡 꽃을

피어 올리듯이, 일상에서 떠오르는 시상이 있으면 톡톡 터트리고 있다. 촌철살인적인 시인의 시들이 뇌리에 오랫동안 남기는 여운은 매우 강렬하다.

뇌과학자들은 이렇게 쉴새없이 사고하고, 창의적으로 시를 쓸 때 전두엽이 활성화되면서 치매와 뇌졸중과 같은 노인성 질환을 예방하는 효과가 발생한다고 한다. 시인이 젊게 사는 이유가 여기에 있다. 노년의 일상을 동심으로 펼쳐가는 시인의 솔선수범하는 삶은 백세시대의 건강하게 살아가는 교과서적인 삶의 정석을 잘 보여주고 있다.

2. 연륜을 담은 진솔한 고백으로 소통하는 시인

소통은 솔직한 표현이 생명이다. 그런데 처음으로 백세시대를 열어가는 우리 시대의 어르신들은 솔직한 표현에 익숙하지 못하다. 젊은 시절에 가족과 자식에 대한 희생적인 사랑을 당연한 것으로 여기며 살아왔기 때문에 힘이 떨어진 노인이 되어서도 자식들에게 짐이 될까 봐 원하는 것을 솔직히 표현하는데 익숙하지 못한 것이다.

시인은 동시대를 살아온 이런 노인들의 마음을 잘 알기에 그들을 대표해서 노인의 진솔한 고백을 담은 시들을 많이 발표하고 있다. 표현에 익숙하지 못한 노인들을 대표해서 세대 간의 소통을 위해서 누군가 해야 할 일을 시인이 시도하고 있는 것이다.

노인에게
가장 반가운
선물은
보약이 아니라
좋아하는 사람이
만나주는
시간이더라

- '반가운 선물' 전문

끼니보다
마음이
더 고프다

더 더 고픈 건
어딜 가나
젊음이
더 고프더라

- '노인은 고프다' 전문

시인의 시편들은 객지에서 사는 자식들을 보고 싶어도 솔직하게 말하지 못하고 "바쁜데 뭐 하러 왔냐?", "쌀 떨어졌지? 갖다 먹어라"는 식으로 돌려 말하는 부모의 말을 곧이곧대로 듣고, 바쁘다는 핑계로, 아직 쌀이 충분하다는 이유로, 부모의 진심을 헤아리지 못하는 젊은 세대들에게 많은 생각을 하게 한다.

자칫 '노인을 존경하고 섬겨라'와 같은 메시지를 담은 시들은 자칫 젊은이들에게 '꼰대'로 비칠 수 있다. 그런데 시인은 그 한계를 연륜을 담은 진솔한 고백으로 잘 극복하고 있다.

새벽마다 아픔과

다투는 것이

그게 그거 같은데

다르다

살아있음을

알려주려고 그런 건지

더 단련시켜 줄 것이 있어서

그런 건지

그게 그거 같은데

날마다 다르다

- '투병일기' 전문

모든 게

달라진다

아는 사람은

많지 않다

아파 봐야

안다

- '투병일기2' 전문

　세상을 살아가면서 혼자 가슴에 품지만 말고 꼭 드러내야 할 것 중에 하나가 질병이다. 질병은 혼자 가슴에 품고 있을수록 더욱 커지는데, 이를 세상에 드러내면 스스로 질병을 이겨내겠다는 의지를 다지는 효과도 있지만, 반드시 비슷한 질병을 앓고 있는 사람을 만나 동병상련의 정을 나누며 훨씬 빨리 치유책을 찾아갈 수 있기 때문이다. 이것은 백세시대를 열어가는 어르신들이 건강을 위해 꼭 숙지해야 할 부분이다. 또한 이것은 '소통과 힐링의 시'가

추구하는 시세계의 핵심이기도 하다.

세월이 갈수록
점점 더 무겁더라
그리움도
두려움도

코로나로
거리두기를 하니
더 그렇다

그래도
몸이 아니라
마음이니
생각을 바꾸는
훈련이나 하련다

- '젊어 가는 길10' 전문

세상에 아파보지 않은 사람은 없다. 육체적인 질병뿐만 아니라 외로움과 같은 정신적인 질병으로부터 자유로운 이들은 아무도 없다. 특히 노인들에게 외로움은 치명적인 질병이다. 따라서 이런 것은 숨길 것이 아니라 적극적으로 표현해가며 가까운 이들과 소통해 나가야 한다. 그것이 힐링을 주고 상처를 치유하는 방법이다. 하지만 요즘 노인들은 외로움 표현에 익숙하지 못하다. 자식들에게 부담을 줄까 봐 그런 것도 있지만, 그동안 살아온 삶이 이런 것을 표현하는데 여유를 주지 못했기 때문이다.

시인은 이것을 잘 알기에 노인들을 대표해서 더욱 솔직하게 외롭거나 아픈 속내를 적절히 표현하고 있다. 시인의 시에는 시인의 개인적인 감정보다 동시대를 사는 노인들의 공동적인 감정을 노래한 것들이 대부분이다. 연륜을 담은 진술한 고백으로 세상과 끊임없는 소통을 시도하는 시인의 짧은 시들의 뇌리에 오래 여운을 남기는 이유가 여기에 있다.

3. 동심의 길에 심혈을 기울이는 소통의 시인

시인과 이야기를 나눌 때면 빠지지 않는 주제가 '동심'과 '동요'다. 지금처럼 각박해질수록 동심을 살려야 아름다운 사회를 만들 수 있다는 것이 시인의 신념이다. 특히 '동요'는 어린 아이들에 발달 과정에서 중요하게 여기는

'문학적 재능, 음악적 재능, 육체적 재능'을 키워주는 '시, 노래, 율동'을 동시에 갖추고 있어 최고의 교육방법이라는 확신을 갖고 있다. 동요 보급 운동에 심혈을 기울이는 이유가 여기에 있다.

세상에서 가장

아름다운

동심을

예쁜 날개에 펼쳐

세상을 밝히며

희망을

전파하는

기적의

전령이더라

- '왜 동요냐고?' 전문

하지만 현실은 만만치 않다. 시인이 동요작가로서 의욕적으로 펼쳐온 동요보급 운동은 몇몇 뜻이 통하는 이들을 제외하고는 현실논리에 의해 뒷전으로 밀리는 것이 우리의 안타까운 교육 현실이다. 그럼에도 불구하고 시인은 쉽게 좌절하지 않는다.

어려서는

어른이 되고 싶어

떡국도 밥도 나이도

많이 먹고 싶었지만

늙어보니

오로지

동심만 먹고 싶다

- '젊어 가는 길8' 전문

시는 시인이다. 시를 보면 시인을 알 수 있고, 시인을
보면 시를 깊이 이해할 수 있다. 따라서 우리는 시를 이해
하려면 먼저 시인을 알아야 한다.

어쩌자고

한낮에

잎새도 없는 가지에서

실오라기 하나 없이

그토록 눈부시게

당당하느냐

너 참

배짱도 좋다

- '목련' 전문

시인은 산업역군으로 인생 전반전에 모든 것을 쏟아 부었고, 이제 동심으로 사회를 밝히는 동요 할아버지로 인생 후반전에 모든 것을 쏟아 붓고 있다. 그러므로 시인이 펼치는 인생 후반전의 시세계는 온통 동심으로 채워져 있다. 결코 쉽지 않은 길이지만 시인의 시를 보면 희망이 보인다. 겨울을 맞서는 모습을 보고 '너 참/ 배짱도 좋다'는 '목련'은 시인이 지금 처한 현실을 감정이입으로 표현한 대상이라고 본다면 시인이 꿈꾸는 동요의 봄도 곧 활짝 펼쳐질 것으로 보이기 때문이다.

친구가
약 올리며
도망가더니
까치가 싼 똥을
이마에
정통으로 맞았다

그거 봐

그럴 줄 알았다

- '샘통이다' 전문

    동심으로 충만한 시인의 시들은 유머와 위트를 통해
오래 기억에 남는 교훈을 던지는 기법을 취하는 것들이
많다. 그래서 누구나 쉽게 이해하고, 쉽게 받아들이며, 입
가에 살짝 미소를 담으며 그 뜻을 오래 음미하게 한다.

    애기하다 갑자기
    친구가
    밖에 나갔다 오기에
    너 담배 피웠지

    아니,
    방구 뀌러 나갔다 왔지

    너 교양 있다
    나는 우아한데

    그러니 우린
    메떡이 아니라

찰떡이지

- '찰떡 친구' 전문

'너 담배 피웠지'라는 시구를 통해 시적화자와 대상이 어른이라는 것을 알 수 있다. 하지만 이 시도 전체적인 전개는 순수하고 맑은 동심을 기반으로 하고 있다.『젊어가는 길』의 시들이 담고 있는 주제가 결코 가볍지 않은 삶의 교훈을 다루고 있지만, 소위 '꼰대'의 이야기처럼 들리지 않는 이유가 바로 이처럼 동심으로 기반으로 했기 때문이라는 것을 알 수 있다.

호기심 가득

예쁜

꿈의 날개로

세상을

날아다니며

해맑은 동심을

펼쳐가는

희망의

꽃밭이어라

- '동요는' 전문

시인에게 시는 매우 중요한 소통의 도구다. 시인은 시를 통해서 좀 더 많은 사람들을 만나서 '동심'과 '동요'의 중요성에 대한 소통의 장을 넓혀가고자 하는데 우선적인 목적이 있다며 수시로 시를 쓰는 이유를 밝히고 있다. 그런 점에서 우리는 『젊어 가는 길』의 발간도 시인이 더 많은 독자들과 '동심'과 '동요'의 오늘과 미래에 대해 고민하는 장을 마련하기 위함이라는 것을 숙지할 필요가 있다.

가장 빛날 때는

모르고

걸었던 길

늙어보니

가장

아름다운 길이더라

- '동심의 길' 전문

시인은 시인이 살고 있는 이천의 명승지인 안흥지 주변에 '동심의 길'을 조성해서 많은 이들의 호응을 얻고 있다. 시민들이 많이 찾는 산책로 주변에 걸음걸음마다 챙겨볼 수 있는 동심을 노래한 시들을 펼쳐놓고, 이곳을 찾는 이들이 순수하고 맑은 동심을 챙겨갈 수 있도록 심혈을 기울이고 있다. 아이들이 직접 쓴 동시와 시인과 지역 문인들이 동심으로 노래한 시들을 주기적으로 교체하며 시민들과 시를 통한 소통을 끊임없이 시도하고 있다. 시가 골방 속에 문학이 아니라 주변의 가까운 이웃들과 소통하고 행복을 추구하는 소중한 도구라는 것을 보여주고 있다.

젊어 가는 길은 가까운 곳에 있는 데도
사람들은 먼 곳에서 찾아 헤매는 것 같았습니다
나이 상관없이 구멍 난 청바지 입고
나 지금 젊어 가는 길을 걷고 있다고
하는 것 같았습니다
정작 동심을 겪었으면서도 그 동심을
유지한 사람은 그리 많지 않은 것 같습니다

한번 가면 오지 못한다고
외길만 있는 것처럼 보며
욕심을 부리는 것이 바로 늙음의 길이요
동심의 길을 보며
사는 것이 바로 젊게 사는 길이었습니다

아, 젊게 산다는 것은

동안을 유지하려고 애쓰는 것이 아니라

동심을 잃지 않는 것이었습니다

누가 대신 걸어가 줄 길이 아니기에

오늘도 동심을 품고 그대 곁으로 갑니다

오롯이 젊어 가는 동심의 길로 걸어갑니다

- '젊어 가는 길' 중에서

　시인은 끊임없이 소통의 장으로 우리를 부르고 있다. 이제부터 더 많은 이들이 '동심의 길'에 심혈을 기울이며 '동요의 오늘과 미래'를 위해 소통할 것을 기다리는 시인에게 다가갔으면 하는 바람을 담아 본다.

■□ 후기

꽃의 향기는

지니고 태어 나지만

삶의 향기는

살아가면서

만들어 지는 거더라

- '살아보니'에서

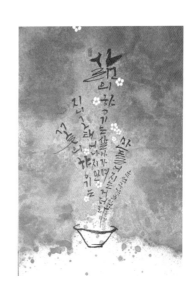